Allitera Verlag

Friedrich G. Scheuer
Maler
Geb. 1936 in Bad Aibling
Lebt und arbeitet in München

F. G. Scheuer

Im Freien

Allitera Verlag

Weitere Informationen über den Verlag und sein Programm unter:
www.allitera.de

Bibliografische Information der Deutschen Nationalbibliothek
Die Deutsche Nationalbibliothek verzeichnet diese Publikation in der Deutschen
Nationalbibliografie; detaillierte bibliografische Daten sind im Internet über
http://dnb.d-nb.de abrufbar.

September 2010
Allitera Verlag
Ein Verlag der Buch&media GmbH, München
© 2010 Buch&media GmbH, München
Umschlaggestaltung: Friedrich G. Scheuer
Herstellung: Books on Demand GmbH, Norderstedt
Printed in Germany · ISBN 978-3-86906-140-5

Inhalt

Tun, was sein soll	7
Sichtvermerk	12
Handarbeit	13
Sauber machen	14
Sella	16
Oben	18
Holzhacken	20
Senn	21
Wurzelstock (Rhizom)	27
Wasser vom Berg	29
Vom Wetter	31
Ein ums andere Mal	38
Höhenkoller	39
Märzmorgen	41
Schnee – Mann	44
Der Phänologe	48
Begegnungen	50
Leib	54
Müde	56
Wach	57
Schmerzen	58
Lust	59

Durst	60
Hand	61
Fuß	61
Kopf	62
Liebe Frau Doktor	63
Über die Lippen	65
Vernissage	66
Gier der Bescheidenheit	68
Das Schöne	69
Gedichte	71
Vom Ganzen, teilweise. Eine Sammlung	87

Tun, was sein soll

1

Tun, was sein soll. Lassen, was flüchtiger Wunsch ist. Es sind Fragen der Ethik, die ins soziale Gewissen reden. Es ist der Spielraum zu ermessen, den das Allgemeine dem Einzelnen zum besonderen Leben lässt.

Fern, stramm aufrecht herrscht Kants kategorischer Imperativ: kein Milieu, um es sich bequem zu machen. Das Unbedingte überfordert. Das Unbeirrbare macht keinen Appetit.

Und doch: Soll sein, was getan wird? Die Sinn-Frage sucht den Ort des Besonderen im Allgemeinen, in der großen Struktur den Wert des Details, prüft die Behauptung aufgrund ihrer Form. Differenz und Ähnlichkeit bestimmen das Subjekt im Zusammenhang des Großen und Ganzen. Keiner ist absolut im Durcheinander der Menschen.

2

Tun, was sein soll. Lassen, was der Vernunft widerspricht. Vernünftig ist, über den nationalen Tellerrand zu blicken und künftigen Generationen keine kollabierende Lebenswelt vererben. Vernünftig ist, sich auf Geschichte zu besinnen. Sie spricht von der Unvernunft der Menschen, der Selbstzerstörung ihrer Kulturen, ihrer Lebensgrundlagen. Sumerer und Polynesier holzten ihre Wälder ab und starben aus. Andere überlebten. Sie verließen ihr Land, das sie ökologisch ruiniert hatten. Heute sind es die technokratischen Eliten weltweiter Monopole, die Ressourcen plündern, die Welt und Gesellschaft vergiften, aus Menschen Verbraucher machen, abgerichtet zum Dusel eines flüchtigen Wohlstands.

»Selbstbegrenzung« nannte 1973 Iwan Illich seine politische Kritik der Technik. Er war Rektor der Universität von Puerto Rico und Seelsorger in den Slums von New York.

3

Tun, was sein soll. Kunst. Was nur so – nicht anders – sein kann, soll sein. Bewusstsein soll sichtbar sein in der Stofflichkeit des Werks. Sehen soll sein, das Sinnliches erschließt bis in Bereiche erregender Ratlosigkeit. Form soll sein, die nicht stirbt mit den Menschen. Dinge sollen sein, die Blicke in ihr Inneres verführen, in ein Inneres aus Reichtum und Askese.

4

Das Werkstück, das Bild, kaum begonnen, erzwingt den weiteren Vollzug. Es lauert, stellt Fallen, es ist, als wüsste es die Lösung. Es enttäuscht die Einbildung. Der Maler hat zu folgen, zu vergessen den vorgefassten Plan, hat aufzuspüren, zu wittern die Köder, die ihm den Weg weisen zum (vorläufigen) Ende seiner Arbeit.

5

Angenommen: Der Körper, unbeschädigt in der Komplexität seines Organismus, bemisst als Idee die Ideen seines Tuns. Das Organische, gewissermaßen die Vernunft der Natur, pulsiert in den Dingen, die Menschenwerk sind, Handwerk, begrenzt von den Möglichkeiten des Körpers: ein atmosphärisches Hintergrundrauschen, das nicht hörbar, das fühlbar ist.

Organismen entstehen, reifen, zerfallen. Zellen teilen sich zum Wachstum, verwandeln Licht, ziehen Wasser und spalten Stoffe, um den Körper zu ernähren. Die Natur erschafft sich selbst.

Kunstwerke entstehen nicht durch Zellteilung. Menschen formen Stoffliches und fügen Stoffliches hinzu: Material von außen, dem Werkstück einverleibt. So gefertigt, wächst es. Aber Menschen irren oder rütteln mit Gewalt am organischen Prozess, um ihren Machtwillen durchzusetzen, starrsinnig das natürliche Wachstum missachtend, als seien Organismen Keimzellen lahmer Rückständigkeit. Beschleunigen, verkürzen, pressen bis zum Platzen: Die Methoden pfiffiger Gewinn- und Spaßmaximierung blähen auch den Kulturbetrieb.

Und doch: Der organische Körper, als Idee im Werkstück der Kunst gegenwärtig, sorgt für Maß und Maßverhältnisse, bewirkt das Ineinander, das Geflecht der Details, die Einheit des Verschiedenen. Und die Defekte, die Unstimmigkeiten: Der Körper zeigt sie als Symptome – das Werkstück verfehlt die Perfektion. Die unerreichbare Vollkommenheit begleitet als stummer Unterton das stumme Gespräch mit den

Dingen der Kunst. Das Unvollkommene weist in die Zukunft und nimmt den Einzelnen in die Pflicht: das Begonnene fortzuführen, einer Geschichte gerecht zu werden, die in Millionen Jahren Organismen schuf, sie ausdifferenzierte, bis ein Gehirn entstand, das die unermesslichen Investitionen der Natur mit Bewusstsein lohnt, einem Bewusstsein, das begrifflich weiß und intuitiv erlebt, erkennt. Und das Hände bewegt, die Geist und Stoff in Form bringen, unvollkommen Vollendung suchend. Und keiner sieht voraus, was sein wird, wie Formen sein werden, die den aktuellen Zustand der Bedürftigkeit zeigen und das gegenwärtig Mögliche künftiger Schönheit.

Die lange Geschichte der Herkunft: Links liegen gelassen, werden rechts die alten Irrtümer auftauchen, das Zerstören für den schnellen Stich. Es wird getan werden, was nicht sein soll.

6

Das Organische ist nicht schnell genug. Das Organische zahlt sich nicht aus. Das Organische funktioniert nicht: es lebt. Das Organische braucht Technik, um sich zu übertreffen.

Implantate aus Stahl und Kunststoffen ersetzen das Verbrauchte. Dies ist die Rückwärtsbewegung des technischen Fortschritts. Organisches überlebt sein vorzeitiges Ende.

Vorwärts, der Sturmlauf ins Gigantische entfernt den technischen Effekt von Maß und Grenzen des Organischen. Erweiterung, besinnungslos erweitert, entmachtet Körper und Geist, erniedrigt durch Überhöhung. Der linear eilende Verstand verlässt Umsicht und Vernunft.

7

Es geschieht zu viel. Neues wird durch Neues alt, schneller als gedacht. Die Sprache zweigt sich: Das Physikalische ist beschreibbar; das Mentale spricht mehrdeutig. Das Sprachlose hat jeder für sich. Tief ins Innere beglücken und verletzen Menschen Menschen.

Maschinen sind keine Artgenossen. Sie verantworten nicht, was sie tun. Sie sind im Dienst. Und wenn sie verletzen oder sich gebärden, als seien sie autonom, können Menschen sie zerstören: kein Mord, kein Totschlag. Sachbeschädigung.

8

Komm zur Sache, sagt der Mann, müde des Herumredens um den heißen Brei. Die Sache, die er meint, ist etwas Gemeinsames, eine Verschiedenheit, ein Projekt, ein beschreibbares Problem. Der Mann meint nicht die intimen Gefühle des anderen. Sie gehören nicht zur Sache, nicht für ihn.

Wie ist das für Dich? fragen Frauen und sagen tröstend, sie würden dies und jenes nachempfinden. Sie empfinden, wie sie sich empfinden, nicht wie sich der andere. »Das Fremdpsychische« sagen die, die es wissen. Die alte Geschichte: Wissen und Erleben, Materie und Geist, das Beschreibbare und die Sprachlosigkeit, Außen und Innen: Kunstwerke thematisieren sie. Kunst soll sein.

Sichtvermerk

Einer ist außer sich. Er betrachtet einen Baum, vielleicht Baum oder die Möglichkeit eines Baumes. Er sieht in die Erscheinung, bis sie ihren Begriff verliert. Er sieht Struktur, sieht Grün, Grau, Umbra, ein Etwas, das aus der Erde wächst: vielleicht Baum oder die Möglichkeit eines Baumes.

Er, selbstvergessen im Augen-Blick, er, der unersättlich am Gebilde haftet, an Form, Farbe, Struktur, er glaubt, unterwegs zu sein, um Blick für Blick seine Sprachlosigkeit zu verstehen.

Handarbeit

Hände tun. Technik funktioniert.

Hände vollenden, was Denken und Intuition vorbereiten. Hände sind fürs Stoffliche, Blicke treiben sie an. Material und Leiblichkeit setzen Grenzen. So ist Handarbeit ein organischer Prozess, dem Geist und Physis am Zeug flicken.

Werkzeug ist technisches Gerät, sein Gebrauch noch keine Technisierung. Die Hand führt. Technisierung bedeutet Fertigkeiten, fremde Energien, ein bereits fertiges System benützen. Die bedienende Hand drückt Knöpfe, schaltet Schalter, schiebt Regler. Sie arbeitet nicht.

Hände arbeiten Körperliches ins Material. Und sie greifen ins Bewusstsein, um Form zu generieren, um Sinnliches zu transzendieren.

Die dem Handwerk eigene Körperlichkeit ist seine Unvollkommenheit, eine – an technischer Produktion gemessen – unperfekte, gewissermaßen gestörte Oberfläche.

Sie zeigt Gefährdung, Mühsal, zeigt mögliches Scheitern, zeigt Widerstand und Eigensinn des Materials. Die Spuren der Bearbeitung rücken das Werkstück in den Dunstkreis schlichter Menschlichkeit.

Die Hände tun das ihre: grob und zart und den Impulsen hörig, die von innen kommen. Gierig und ohne Worte wühlen sie in der Welt. Nur am Himmel haben sie nichts zu suchen.

Sauber machen

1

Knopf drücken und Schalter kippen. Er heult und saugt. Der Dreck wird eingesogen von einer schmallippigen Düse und verschwindet in einem Filterbeutel im Bauch des Geräts. Die Energie für den Motor kommt aus der Steckdose.

Ich schiebe den Staubsauger in parallelen Bahnen durchs Zimmer, wechsle die Düse für Ecken und Ritzen, schalte ab und ziehe den Stecker aus der Dose. Mehr ist nicht zu tun.

2

Der Besen hat Haare und einen langen Stiel. Ich kehre mit sportlichem Schwung den Dreck vom Boden in die Mitte des Zimmers. Kein Strom. Kein Luftstrom. Kein Lärm.

Das Häufchen Dreck offenbart formale und narrative Qualitäten: feinstofflicher Staub unbekannter Herkunft, Körniges (Straßensplit aus den Fugen der Profilsohlen), Antikes (zwei Dörrpflaumen), Bizarres (verbogene Büroklammern), Emblematisches (Kronkorken verschiedener Brauereien), Mysteriöses (Bruchstücke von Graphitminen), Gelbes (gerolltes Heftpflaster), Blaues (zwei Knöpfe), Rotes (defekte Gummiringe), Tabakkrümel, eine bestürzende Menge grauer und weißer Haare verschiedener Länge. Die Dinge haben Form und Farbe und erzählen Geschichten. Ich kehre sie mit dem Handbesen auf eine Schaufel und wische sie nachdenklich bewegt in den Eimer.

3

Die Hände haben voll zu tun. Vorbei. Vergangenheit. Die Hände werden verkümmern. Ein Finger wird bleiben: kurz, spitz, steif zum Knöpfe drücken, Schalter kippen, um Effekte auszulösen, die die Handarbeit ersetzen, die vielfältigen Möglichkeiten des Greifens, das Fingerspitzengefühl und das der Innenhand, die streichelt.

Das leichte Leben schont den Körper starr und lahm.

Und der Blick wird nicht satt, sieht nicht den Lauf der Dinge, was Hände bewirken, Lust und Schmerz und die Ergebnisse straffer Ökonomie.

Sauber machen, den Dreck entfernen, den Besen schwingen und sehen, was er kehrt: Zeichen vergessener, vergangener Episoden und nachhaltiger Entscheidungen, klug oder dumm, die nächste Säuberung wird es erweisen.

Der Staubsauger ist die radikale Lösung. Keine Zeit, keine Muße zu sehen wie der Dreck haufenweise verschwindet, eigenhändig aus dem Leben gekehrt.

Sella

1

Schwerkraft, Fliehkraft, Reifenreibung auf Asphalt, Tempo, Technik, Kurven rund und rhythmisch, der vorauseilende Blick, der kurzschließt Kurvenform und Tempo, der Fußdruck aufs Pedal gepresst, die Straße, Hände, Finger, die millimetergenau Bremsen ziehen, loslassen und sich fangen, knapp am Zerreißen und einiges mehr, das zu tun ist, um nicht vom Rad zu stürzen, auf dem der Fahrer passabwärts durch die Kurven rast. Der Körper kennt sich aus.

Synapsen feuern, in den Fibrillen Zellen für schnelle Reflexe, um auszugleichen, was von außen wirkt. Der Fahrtwind, ein Orkan, schleift den Körper zum Monolith mit Atemnot. Mann, Rad, Straße: eine Fusion, ein paradoxer Zustand: Spiritualität und physischer Exzess.

2

Männer, Frauen, Kinder (und Tiere höherer Ordnung) erleben Ereignisse. Ereignisse sind außen, Erlebnisse innen. Ereignisse werden erklärt, Erlebnisse erzählt. Experten, die Ereignisse analysieren, die Wesen und Kausalität erforschen, härten die Sprache, sachbezogen, schmucklos. Und Menschen, tief eingehüllt ins Erleben, sprechen metaphorisch, zeigen Gesten oder verstummen. Und wenn sie sich erklären, dann wanken die Sätze oder sie kollabieren öffentlich. Erlebnisse sind, von außen gesehen, private, verschlossene Ereignisse. Der Betrachter sucht Analogien in sich.

3

Canazei. Der rasende Radler schiebt sein Rad von der Straße. Er antwortet auf die Frage der Frau, was er, der Kopf und Kragen riskierte, gefühlt habe: Nichts. Nichts, sagt er. Die Fahrt sei sehr schnell gewesen, vieles zu beachten, Straße, Tempo, Radverhalten, da habe er sich Gefühle nicht leisten können, er hätte sie mit einem Sturz bezahlt. Er sei als sein Schwerpunkt herunter gerast, verdichtet und zusammengepresst und das beglückende Gefühl einer Entgrenzung könne erst entstehen und sich ausbreiten im Stand. Es gäbe nichts weiter zu sagen, sagt der Mann, der sein Fahrrad hält, als wäre es eine Sie, seine Braut.

Oben

Das Grün des Gneis sind Flechten. Kantige Blöcke füllen die Senke, schiefrige Splitter in Haufen dazwischen. Die Alten erzählen, ihre Alten hatten als Kinder den Bergsturz erlebt. Die Senke im Hang hatte das Dorf gerettet. Das Dorf, kein Dutzend holzdunkle Häuser wie Nester am Berg, Ställe fürs Vieh, eine Kapelle aus Stein, kein Pfarrer, kein Wirtshaus.

Die Leute sind alt. Sie wurden vergessen. Sie leben sehr gelassen mit der unerbittlichen Natur. Sie ist ihr Lebensraum, mächtig, schuldlos mächtig, schuldlos die Unwetter, die Kälte, der Sommerschnee. Die Natur hier oben ist kein Objekt zur Verfügung. Sie ist Wiege und Sarg.

Die Leute im Tal rüsten auf. Sie planen und bauen, verbauen Weidewiesen und Kredite und locken die Fremden mit der Tradition, die sie zerstören. Sie planen eine Straße hinauf zu den Almen. Die alten Wege, wie von selbst ins Gelände gefügt, sind für die Füße der Menschen und für die Hufe des Viehs.

Die Gipfel der Berge werden kaum besucht. Die Anstiege sind wild, nicht beschildert, markiert mit schütteren Steindauben: Berge für Menschen, die Anfänge suchen, den ersten Pulsschlag und eine mögliche Vollendung.

Blüten, gelb, rosa, ultramarin, auf minimaler Dosierung von Erde in Rissen und Löchern im Gneis. Das Karge ist kräftig und schön, zeigt unverhohlen eine Ökonomie asketischer Pracht, wie wenig es braucht zu erblühen, sich zu entfalten, zu vollenden. Insekten beleben die Luft.

Ein Mann steigt hinauf. Er schwärmt nicht. Er sucht die Klarheit bloßen, leibhaftigen Handelns, ohne Umschweife, ohne Dekor: gehen, in die Höhe steigen, greifen, um nicht zu stürzen, unbeirrbar das Notwendige tun, der ganze Körper ein Organ, sich und das Naturgegebene wahrzunehmen. Tun und Denken untrennbar eins: Jeder Schritt, jeder Tritt, jeder Griff, der gezogen wird, durchquert das Bewusstsein. Jede Bewegung beginnt im Auge.

So entsteht Form; Form der Fortbewegung – horizontal, vertikal, Form als ästhetisches Faktum, als Einheit seiner Faktoren Natur, Körper, Geist. Form des Reichtums durch Reduktion.

Der Mann steigt zum Gipfel, rastet und steigt ab ins Tal. Tags darauf – eingegliedert ins soziale, politische, wirtschaftliche Gefüge – ermisst er die Distanz zwischen seiner zivilisatorischen Natur und jener, die er als Anfang betrachtet. Die Gegenwärtigkeit dieses Anfangs, sagt der Mann, diese Gegenwärtigkeit vervollständige sein Leben und sei schlicht schön.

Holzhacken

Sehen, denken, tun. Die Gleichzeitigkeit ist eine komplexe Erfüllung, eine Vollständigkeit augenblicklichen Seins. Im fließenden Vollzug denken die Sinne das Tun.

Ein Mann spaltet Holz. Er stellt einen halben Rundling auf den Hackstock, hält ihn mit der linken Hand, den Daumen auf den Jahresringen der Stirnseite, schwingt aus Schulter und Ellbogengelenk die Axt und spaltet mit kräftigem Hieb ein schmales Scheit vom Stück. Er wiederholt die Bewegung in rascher Folge, schlägt durch bis auf den Stock, der Daumen rückt nach links, gibt Scheit um Scheit zum Spalten frei.

Die Schärfe der Schneide der Axt, die Wucht der Schläge, die nackte Hand, die das Holz hält: ein ernstes Spiel der Gefährdung für den, der das Beil verkantet.

Der Mann, der im Augenblick kein anderer ist als der, der Holz spaltet, vereinfacht sich. Sein Universum ist die konzentrierte, besonnene Handhabung der Axt. Scheit um Scheit fällt vom Stock, solange er eins ist mit jedem Hieb. Er amputiert nicht seine linke Hand. Er trifft genau. Kein Daneben. Kein Foto. Keine Flucht.

Sehen, denken, tun: fugenlos ineinander hackt der Mann einen Zustand der Zeit- und Ortlosigkeit aus dem Klotz.

Senn

1

Knapp die Weidewiesen, kurz das Almgras, rings Felsberge, heller, grauer Kalk, aufgefaltet im Quartär. Im Süden, blickweit, grüne Täler, fern am Horizont das gleißende Band der Gletschergipfel der Zentralalpen.

Die Hütte, geduckt zwischen Schrofen, ein versteinertes, beinloses Tier. Felsbrocken auf dem Schindeldach wie Warzen auf schuppigem Rücken.

Hier teilt keine Uhr die Stunden in Sekunden. Die Zeit verlor sich auf dem Weg herauf. Das Vieh bestimmt, die Afra, die Olga, die Resi, die Erika, gefleckte berggängige Kühe und eine Hand voll Jungvieh.

Der Senn steht vor der Hütte. Er könnte auch eine Baumruine sein, zugerichtet vom Sturm, ausgedörrt. Beim Näherkommen sieht man, dass er lebt: Augen frisch wie Quellwasser, ein stilles Lächeln verzückt die unzähligen Falten und Fältchen im alten Gesicht, ein Erblühen im Zeitraffer.

Der Senn grüßt. Er kaut die wenigen Wörter, die als sanfte Verzerrung das Gehör des Besuchers erreichen. Längere Sätze werden von der Landschaft aufgesogen. Alles hier ist Selbstbehauptung einer Naturwüchsigkeit, der Leben und Sterben und das Wetter selbstverständlich sind. Kein Zweifel verunsichert die Vertrautheit zwischen Mensch, Vieh, Natur. Alles am Senn scheint angeboren: Hose, Hemd, Hut, der trockene Dreck an den Gummistiefeln, alles alt, schrundig, zerschlissen ohne die Resignation des Verbrauchtseins. Wie Boviste liegen Plastikkübel in der Wiese. Die blank geputzten Teile einer Zentrifuge glänzen: Materialien, die dem Besucher vertraut sind.

Raues, Glattes, Scharfes greift der Senn und seine Hände wissen, was gemeint ist. Schlüpfriges ist selten: nur beim Ziehen des Kalbes aus dem feuchten Loch der Kuh. Klebriges bleibt im Tal.

Den Senn trennen zwei Autostunden von der Stadt. Zum Dorf sind es zwei Gehstunden. Im Dorf leben Leute mit Laptop. Sie sagen, der Senn kenne sich aus in seiner Welt, aber diese sei eine vergangene. Der Lehrer sagt, manchmal würde die Zukunft durch Vergangenes gerettet.

2

Der Senn bietet an, was er hat, was er übrig hat: Milch, Butter, Käse. Er verschweigt das Lager im Heu. Er befürchtet, der Besucher könnte ihn von der Arbeit abhalten oder nachts ein Feuerzeug entzünden oder Dinge fragen, die keine Antwort lohnen. Der Senn hat seine Wirklichkeiten.

Der Besucher weiß nicht, was er denken soll.

Der Senn drischt kurze Pflöcke in die Erde für eine schmale Bank. Er lehnt das Beil an die Wand, schaut dem Besucher frontal ins Gesicht und nickt zur Bank: eine Geste ohne Fingerzeig, dass Platz sei für zwei.

Der Fremde will Milch. Der Becher hat keinen Henkel, die Milch ist kühl. Der Fremde will bezahlen.

Der Senn erbittet einen Stumpen. Der Fremde blickt fragend. Der Senn sagt, ein Stumpen sei zum Rauchen, eine Art Zigarre, nur billiger, viel billiger. Der Senn geht in die Hütte, holt Pfeife und Tabak und hockt sich neben den Besucher auf die Bank.

Die Körper sind sich fremd. Einer eine kernlose, verformbare Masse, der andere sichtbare Substanz. Der eine denkt an erhöhte Temperatur, der andere an die Wärme der Kühe, die sich im Stall staut, eine Schmeichelei, die er genießt. Auch die Flüchtlingsfrau war warm, bei der er schlief vor vielen Jahren. Und das Bauernmädel, das er nie nackt sah.

Als junger Kerl arbeitete der Senn als Hausknecht in der Stadt, in einem schäbigen Wirtshaus an einer viel befahrenen Ausfallstraße. Im Saal im ersten Stock war eine Wahlversammlung. Er hörte zu und wurde Sozi.

Nach knapp zwei Jahren trieb ihn die Stadt zurück aufs Land. Es sei die dicke Luft gewesen, sagt er und das schlechte Werkzeug zum Reparieren schlechter Geräte und Vieles hätte anders ausgesehen als es war. Man müsste die Stadt ausmisten, sagt er, dann wäre er länger geblieben.

Im Zug aß er die Pizza, die ihm die Wirtin zum Abschied gab. Und er sah aus dem Fenster, um den ersten Blick auf die Berge nicht zu versäumen.

3

Die Winter im Hof, die Sommer auf der Alm. Im Winter liest er abends Zeitung, im Sommer am Himmel das Wetter. Und im Ohr die Geräusche der beginnenden Nacht, das Verstummen der Glocken, der leise, dumpfe Ton, wenn die Kühe sich legen, selten ein Kauz, unten, am Waldrand.

Gelegentlich nächtigen Holzknechte im Heu der Hütte. Sie sagen Holz statt Wald. Sie gehen ins Holz, kommen aus dem Holz. Sie arbeiten im Holz mit Beil, Keil, Säge. Ihre Welt hat harte Konturen. Symbolisches ist für den Abend: die Karten des Tarock, Tarock zu dritt. Die Männer haben große Hände, Körper größer als der Senn, vom Wetter zugerichtet und geschliffen bis auf einen Wesenskern ohne Pose, ohne fremde Form.

Unvorhergesehen taucht der Jäger auf: eine Fehlfarbe. Er gibt sich solidarisch und schnüffelt wie sein Hund. Er verdächtigt jeden Kochtopf, ein Ragout zu verbergen. Er ist im Staatsdienst.

Ein Gewehr liegt seit vielen Jahren unterm Bodenbrett, unbenutzt, gehüllt in ein geöltes Tuch. Der Senn hat seine Strafe abgesessen, damals als er erwischt wurde.

4

Muskelkraft und Spiritualität, Körperarbeit und ein transzendierendes Naturgefühl, der Senn vermutet einen himmlischen Plan, der das Zusammen- und Ineinanderfügen des Naturgeschehens regelt. Er sieht, wie Leben sich bildet und Kraft entsteht und wieder vergeht. Er sieht, wie der Tod dem Leben dient.

Er geht in die Kirche, wenn die Messe vorbei ist, die Männer im Wirtshaus sitzen, die Frauen in den Küchen kochen. Er schaut das Bild der Kreuzabnahme, bedauert den verletzten Christus, dem er geholfen hätte, ihn verbunden, ihm Milch gegeben und Käse. Der Senn braucht zum Glauben die Hände.

Der Pfarrer spricht von Liebe. Der Senn wagt sich nicht an dieses Wort. Er hätte gern eine Frau gehabt, all die Jahre, weich und warm, weicher, wärmer als eine Kuh. Aber mit ähnlichen Augen, mit Blick und Gesten des Verstehens unterhalb der Wörter.

Es blieb fürs Zarte nur die Zither.

Der Senn zupft die Saiten, drückt und tupft die Stege des Griffbretts und hört den Klängen nach in eine Welt ohne Notwendigkeit und Schinderei. Er spielt für sich, spielt nicht zum Tanz und nicht zur Kirchweih. Er würde gern für eine Frau spielen, die Hände im Schoß und das Gesicht im Schein der Glut im Herd.

Der Nachtwind verweht die letzten Klänge. Der Senn legt die Zither in den Kasten und fühlt den Boden, auf dem er steht. Morgen um fünf die Kühe, und südseitig das Dach reparieren.

5

Es war einmal. Der Senn starb vor zwei Jahren. Er wurde nicht mehr gebraucht. Waldarbeiter bauten einen Fahrweg zur Alm. Der Bauer fährt abends mit dem Unimog hinauf, um nachzusehen: wenig Jungvieh, keine Kühe. Der Wald wächst in die Weideflächen, Wiesen vermuren.

Der jüngste Sohn des Bauern plant, die Alm zu renovieren, Bäume zu fällen, Büsche zu schneiden, mehr Vieh hinaufzutreiben, einen kundigen Rentner einzustellen als Senn. Er könnte sich ein Zubrot verdienen, an Touristen frische Milchprodukte verkaufen.

Der Bauer lehnt ab, die Bäuerin ist dafür.

Der Sohn gewinnt den Sohn des Lehrers, dessen Vetter, den Sohn des Molkereibesitzers und zwei Zugezogene für die unbezahlte Arbeit. Die Bäuerin spricht mit dem Pfarrer, beide reden mit dem Bauern. Er willigt mürrisch ein.

Die Burschen kaufen Bier und fahren auf die Alm. Jeder auf einem Mountainbike.

Wurzelstock

(Rhizom)

Schroff ragt es in die Luft, scheibenförmig, wie ein gewaltiges Rad, krumm gebogen die Speichen: wirres Wurzelwerk, das Erde, Schutt, Steine umklammert, das zerrt und presst, himmelwärts wie Hilfe suchend hölzerne Arme reckt.

Lothar, der Sturm, hatte den Baum entwurzelt, den Stamm zerstückt, Äste und Splitter aus seinem Körper gerissen, die Krone ins Moos geschleudert.

Ein schriller Schrei der Natur.

Der Anblick schmerzt. Erde, Wurzel: Begriffe aus der Dunkelheit. Helle Köpfe sprechen vom Rhizom. Dieser Wurzelstock also, aus der Erde gerissen, steil, tellerförmig aufgerichtet zum bizarren Koloss, zum Monument roher Gewalt.

Aber: Das Rohe ist von großartiger ästhetischer Wucht.

Ein Relief. Der Blick tastet, stößt an Kanten und Krusten, sinkt ins Weiche der Erde und Moose und folgt den verstörenden Windungen der Wurzelstränge. Graue, schmutzige Steine, zwischen dünne Hölzer geklemmt, erscheinen kostbar wie Edelsteine in Silber gefasst. Käfer krabbeln, Krähen picken in die wunde Haut.

Das Bild der Zerstörung zeigt Schönheit, zeigt die eigengesetzliche Erhabenheit einer Natur, die gelassen ist, für sich, nicht verformt, nicht umgerüstet zum spekulativen Menschenzweck.

Und: Der Wurzelstock, die offene Bodenschicht sind erstarrte Geschichte.

Die Geschichte spricht vom Ganzen und seinen Teilen, von Anpassung und Widerstand, vom Höherstreben und Zugrundegehen, von Symbiose und Isolation, von Festigkeit und Verfall, Geschichten des Organischen, eines Lebens, bestimmt von Stoffwechsel und Zellteilung, aber ohne jenes Bewusstsein, das uns zu Menschen macht, das uns trennt und Trennung und Zugehörigkeit erkennen lässt.

Baumruinen, Wurzelstöcke dieser Art liegen in Hochwäldern. Diesen hier sah ich im österreichischen Pinzgau, im Tauerngebirge, am Weg zum Kitzsteinhorn.

Wasser vom Berg

Wasser hat keine Haut.

Es stürzt vom Berg, fräst seinen Verlauf ins Gelände, eine bizarre Ader zwischen schroffen Felsen, prallt nach freiem Fall schäumend in felsige Gumpen, stößt sich nicht wund.

Wasser ist schwer. Der haltlose Sturz demonstriert Gewalt und Gewicht: ein tosendes Zeichen grundsätzlicher Unumkehrbarkeit. Die Gischt des Aufpralls, seltsam entstofflicht, sprüht, zerstäubt, als entwichen Geister aus der Verbindung von Wasser- und Sauerstoff.

Kein Spiegel für Narziss.

Im Flachen schwindet die Kraft. Erde, Äste, Wurzelstöcke, die Beute aus steilem Gefälle, gehen auf Grund. Die nächsten Hochwasser, Gewitter, Schneeschmelzen werden unterspülen und weiter talwärts schwemmen. Nichts entrinnt dem athletischen Spiel. Die Strömung reißt, pflügt, stößt, höhlt Böschungen, bricht Stege, wühlt, schleift und zerkleinert ins Minimale.

Das schnelle Wasser vom Berg gluckst und wispert im flachen Gelände, rauscht, brüllt in steiler Schlucht, verstummt im Stausee. Plötzlich lahmer Greis, ruhig gestellt durch eine Mauer aus Beton. Nur der Wind kräuselt die Oberfläche. Die Zuflüsse gießen ihre Individualität ins Becken dieser gleichförmigen Masse, eine Wassermenge, berechnet von Ingenieuren, von Bürokraten verwertet, verwaltet.

Strom fließt ins Land. Nächte strahlen. Eier kochen auf dem Herd.

Vom Wetter

Nebel

Es ist wie nichts. Ortlos, irgendwo im sehr hellen Grau, ohne Gegenüber, nichts Messbares, nichts, das Antwort gäbe oder eine Richtung wiese, kein Sichtvermerk.

Es ist, als hätte der Raum sich selbst verschlungen und die Zeit sich erstickt am Vergehen. Sämtliche Koordinaten eines Standorts verschwunden im Grau.

Dem Mann blieb nur sein Körper. Und der, seit Stunden im Schnee stehend, verliert allmählich seine Selbstgewissheit.

Der Mann blickt um sich: nichts. Kein dunkler Fleck, kein Fingerzeig, nichts, das hoffen lässt.

Hitze

Die Luft klebt wie ein Fell am Körper, zum Atmen eine Glut. Hineingepresst ins enge, südseitige Kar, eine Kompression zwischen Felswänden, als sei es Absicht, den Mann zu zerquetschen, der langsam aufwärts steigt.

Die Hitze betäubt.

Der Mann fügt sich ins Unvermeidliche. Er denkt nicht an Auszehrung und Kollaps. Er steigt stoisch zum Siedepunkt und windet den Schweiß aus dem Stirnband.

Der Mann hat die Sonne im Rücken und im Gesicht die Reflexe des hellen Gerölls. Er hört sich atmen, hört einen hohen, sirrenden Ton, eine Einbildung. Die Hitze tönt nicht, das Licht ist spitz und stumm. Der Mann kneift die Augenlider zu schmalen Schlitzen.

Oben, unter der Scharte, ein Bodenloch, eine Art Doline mit schmutzigem Schnee in der Tiefe. Der Mann steigt hinab, wischt die oberste Schmutzschicht beiseite und presst sich den Firn ins Gesicht. Geschmack nach Salz und Fäulnis.

Orkan

Erst war Wind. Er schwoll zum Sturm. Auf der Höhe dann – Orkan: rasend, ein Exzess der Luft, die Boten der Unbewohnbarkeit zwingen den Mann auf die Knie. Er gräbt die Hände in den Schnee. Der Orkan könnte ihn über die Wächte zerren, ihn hinabschleudern in die abgründige Flanke.

Dieses Dröhnen, Pfeifen, Zischen, Brausen, das Knattern des Kapuzenstoffs: Der Mann hat kein Ohr für Töne. Er ist Meteorologe. Er wollte an die Tatsachen der Daten, die er vom Papier liest, entschlüsselt und interpretiert, draußen im flachen Land, drinnen im klimatisierten Büro.

Der Mann kniet im Schnee, bewegungslos, als erwarte er seine Hinrichtung. Er friert. Er ist schlecht ausgerüstet: zu dünn der Stoff der Jacke, der Hose, zu flach das Profil der Sohlen, ein Stock nur statt eines Pickels.

Der Mann erstarrt. Er krümmt seinen Körper. Ein Klumpen Mensch, der, ausgesetzt dem Toben des Orkans, an seiner Zukunft zweifelt.

In dieser Höhe, auf diesem Berg ist ein Orkan nicht ungewöhnlich. Tiere leben tiefer oder flüchten. Menschen lesen, hören die Vorhersage, bleiben im Tal oder sterben auf der Höhe ihrer Theorien. Einer, der die Hölle nicht nur einmal überstand, sagt es käme auf Naturgefühl, Verstand und Instinkte an, das verborgene inwendige Tier müsse erwachen, was aber nicht bedeute, im rasenden Orkan die Sau raus zu lassen.

Regen

Niederschläge. Ein Wort voll Prügel und Dramatik: Boxkampf. Der Meteorologe meint das Wetter. Seltsam bildlos ist in diesem Sinn das Wort: Grau und steile, schräge Striche vor diffusem Grund.

Es regnet. Erst Erfrischung, dann zum Wachstum, seit gestern ist das Land überschwemmt. Wassergeprassel, als würde die Erde gemästet, blinde Schleier, die bis in den Himmel reichen.

Das endlose Gleichmaß des Regens dämpft die Natur und betäubt die Menschen. Sie warten. Sie gehen zum Fluss, der ein Flüsschen war. Sie waten durch flache Seen, die Felder waren. Sie schauen die Berichte am Bildschirm und schalten ab das Programm, das ihre Sorgen nicht teilt. Die Traktoren bleiben in der Remise, der Boden zu weich fürs Gewicht.

Der ungebetene Gast bat vergebens, seinen Wagen aus dem Morast zu ziehen, er müsse zurück in die Stadt, Geschäfte riefen. Nun sitzt er fest, unfallfrei des Regens wegen.

Der Bauer und seine Familie beten, zwei brennende Kerzen auf dem Tisch. Sie glauben an Gottes Allmacht, seine Hilfe in der Not. Der Städter glaubt ans Horoskop.

Der Städter sagt, die Landleute seien rückständig, trotz Fernseher und Fuhrpark lebten und dächten sie nicht modern.

Der Bauer sagt, das Milchvieh, das Zuchtvieh, die Schweine, auch die Hühner lebten nicht modern, Weizen, Mais, Hafer würden nicht fortschrittlich wachsen, auch die Kartoffeln nicht und nicht die Bäume im Wald. Und danach müsse er sich richten.

Der Bauer geht vors Haus. Die Regenwand verbirgt den Hof des Nachbarn, die Scheune nur ein Schimmer, der Himmel grau geschlossen, ohne Öffnung für einen Lichtblick.

Der Bauer schlurft durch den sämigen Schlamm. Der Bach schwoll an und riss den Steg in Stücke. Die Saat ist in Gefahr. Der Bauer rechnet den Verlust und hofft, dass seine Fürbitte die Güte des Herrn gewinnt. Der Wetterbericht: anhaltend Regen.

Schönes Wetter

Kein Morgenrot. Es scheint ein schöner Tag zu werden.

Das helle Gelb am Horizont verläuft ins Türkis ins blasse, wolkenlose Blau. Der zarte Dunst des Morgens nimmt den nahen Bergen Wucht und Härte. Das Licht ist mild.

Rapsfelder säumen die Straße. Die Wiesen sind geschoren bis auf ein helles, bleiches Grün und der Duft von Heu würzt das Innere des Wagens, den die junge Frau nach Süden steuert.

Sie nahm sich frei.

Sie parkt auf einem Parkplatz mit hässlichen Schildern, schultert den Rucksack, schlüpft in die Stiefel und mit den Händen in die Schlaufen der Stöcke und geht. Sie verlässt die Forststraße und nimmt einen Steig steil durch den Wald.

Es riecht nach frischem Holz: betörender Duft, den eine Fichte verströmt, gefällt, abgeastet und in Stücke gesägt. Die Frau betastet die Schnittflächen, riecht Süßes und Herbes, zum Lecken verführend.

Sonnenlicht flirrt bündelweise zwischen den Bäumen, das dürre Laub vom letzten Herbst leuchtet rot- und ockerfarben unter den Buchen und raschelt unter den Schritten der Frau. Ein Zaun aus Draht und Strom trennt Wald und Weiden. Kühe liegen schwer im Gras wie Monumente einer volkseigenen Milchwirtschaft. Die Sonne scheint, Fliegen summen, Grillen zirpen.

Im Grün das Bunte. Rote, blaue, gelbe Blüten und die zartesten Mischtöne an Lippen- und Schmetterlingsblütlern und oben, im kurzen Almgras, Büschel farbiger Signale, das tiefe Ultramarin der Enziane, das strahlende Gelb der Aurikel. Karge Böden berauschen sich am Schmuck.

Die Frau ist seltsam glücklich. Sie glaubt es kaum. Kind sein, denkt sie, kein kindlicher Gedanke.

Sie schaut die Wälder, die Wiesen, die Berge, die Sonne. Alles scheint zu sein wie es ist. Klimatische, ökologische und die sozialen Schäden der Almbauern müssten erinnert werden, zu sehen sind sie nicht. Die Frau will sehen, riechen, schmecken, hier nicht dort, wo Synthetisches die Sinne narrt. Die Frau will Schönes. Es ist ihr freier Tag.

Sie bleibt bis zum Abend, wandert, rastet, schläft im Schatten einer Kiefer. Sie summt ein Lied als sie ins Auto steigt. Sie ist sich nicht im Klaren, wie Wirklichkeit und Illusion sich unterscheiden.

Kälte

Frost. Körper erstarren, versuchen zu schwinden, in sich gezogen die kalte Welt zu fliehen. Es ist kein Entkommen. Der Frost beißt sich durch die Haut ins Fleisch. Das Fließende stockt. Das Weiche schrumpft. Nur das vereiste Wasser dehnt und sprengt.

Nacht. Firmament. Sterne.

Die Zeiger der Uhr messen die Schmerzen, die Kälteschmerzen des Mannes, der oben im Biwak den Morgen ersehnt. Er ist sich unerträglich.

Er versucht, das Denken aus seinem Körper zu lösen, bewusstlos zurückzulassen seine jämmerliche Kreatur, sie als Sache zu betrachten, als Information über den Zustand eines Mannes, der, in eine Folie gewickelt, eine froststarre Nacht verbringt.

Der Versuch misslingt. Der Mann denkt was er fühlt, unentrinnbar gebunden an die Schmerzen des Körpers. Er wartet und blickt auf die Uhr. Das Zählwerk wird ihn foltern, von Minute zu Minute, von Stunde zu Stunde. Zu lange dauert die Runde des großen Zeigers.

Die Zeit ist kein Gegenstand. Sonst könnte er sie den Berg hinabwerfen oder sie mit dem Hammer zertrümmern und die Bruchstücke zwischen den Fingern zerreiben. Aber die

Zeit fügt sich nicht. Sie herrscht a priori, sagt der alte K. Der Mann am Berg schweigt. Der Frost zerlegt seine Zeitwahrnehmung in kleinste, fugenlos aneinander gereihte Einheiten eines unerträglichen Zustandes.

Der Mann ist selbst sein Kerker. Er wünscht sich weg, nicht hier, nicht er zu sein in dieser kalten Nacht.

Ein ums andere Mal

Ein ums andere Mal stößt du an die Grenze. Du weichst beflissen zurück und versuchst es erneut. Du erniedrigst dich zum Gewohnheitstäter an dir.
Oder:
Die Verformung der Grenze bildet deine Gestalt aus. Jenseits bist du ein anderer.
Oder:
Die Wiederholung belebt die Reste, die früh elend wurden und zum Bodensatz deiner Unaufmerksamkeit.
Oder:
Die Wiederholung nutzt dich ab bis auf die Knochen. Das ist der Anfang.

Höhenkoller

1

Das Gehen denken, Schritt für Schritt. Das Greifen denken, Griff für Griff. Das Suchen denken, das Finden wird gegeben.

Tun, was Denken war, tatsächlich sein, was möglich war: Die Erlebensgewissheit klärt den Gedankenplan, korrigiert, übertrifft oder verurteilt. Gelingen erlöst, Scheitern drängt zum neuen Start.

2

Einer sitzt auf dem Gipfel und blickt auf Berge. Der Andere steht im Studio und denkt sich ans Ende seiner Gedanken.

Auf dem Gipfel ist der Körper im Ziel. Die erschöpfte Physis entlässt Geist und Psyche in einen Zustand bloßen, untätigen Seins, in die Leere glücklicher Bedürfnislosigkeit.

Der Maler schiebt sein Ziel vor sich her. Er hat das Unbestimmte zu bestimmen. Er hat die Freiheit, im Unbestimmten umherzuirren oder es dingfest zu machen: zum Bild.

Das Bild ist eine Reduktion. Es bleibt ein ungeformter Rest, eine unerfüllte Obsession, ein Hirngespinst vielleicht, aufgebläht über seine Realisierung hinaus.

3

Endlich. Der Tod zerstört den Körper: ein letztes sinnenhaftes Geschehen, messbar wie die Höhen der Berge. Geist und Psyche verschwinden ohne Daten zu hinterlassen. Wir wissen nichts. Unsere Unkenntnis verweigert jede Bestimmung, intentionales Denken versinkt im Bodenlosen. Möglich, dass die postmortale Unbestimmtheit bereits im Wirklichen verborgen ist, dort, wo Stoffliches zu transzendieren scheint: im undefinierbaren Geheimnis eines Kunstwerks oder im Körper, der, erschöpft und selbstvergessen, Geist und Seele entlässt in einen Zustand unbegreiflicher Gleichgültigkeit.

Märzmorgen

1

Kühl, fast kalt. Alles ist Anfang: Frühling, früher Morgen, erste Schritte, Atemzüge vollmundig frisch, als spüle eine Quelle den Schädel aus. Die Natur scheint unverbraucht. Der Himmel blank, helles, unstoffliches Blau, unendlicher Raum, der den Blick widerstandslos aus seiner Bodenhaftung löst, ihn vergehen lässt im atmosphärischen Kristall.

Die Sonne gläsern im Osten über den Konturen der Berge, einer Linie, tanzbereit. Die langen Schatten der Bäume schmiegen sich ins Profil der Landschaft. Senken sind feucht, in Kuhlen Schmelzwasser, körniger Firn füllt trichterförmige Erdlöcher.

Die Südhänge, sonnensüchtig wie Touristen, sind aper. Im kurzen, noch winterbleichen Gras die ersten Blüten: gelber Huflattich, blassblaue Leberblümchen, büschelweise rotviolette Schneeheide. Gänseblümchen, weiß, rot gerändert, populär wie Volkslieder. Oben, etwa 1600 Meter über Null, an der Schneegrenze Soldanellen: filigrane Stiele, rot- und blauviolette Blütenkelche nicken im Windhauch.

Der Frühlingsmorgen ist von klirrender Klarheit. Wald, Wiesen, Berge wie geläutert in einem Mikroklima, das auch das Milde, das Zarte mit einer gewissen Schärfe zeichnet. Nichts scheint verborgen. Ein Begriff drängt sich auf, der, als moralisches Postulat missbraucht, zum Flüstern neigt: Reinheit.

2

Natürliche Reinheit ist bloßes biologisches Sein einer Natur, die – unbedrängt durch Menschenwerk – ihren Wildwuchs lebt.

Menschen brauchen Prothesen und Begriffe. Sie fälschen die natürliche Natur metaphorisch, nennen sie Hölle oder Paradies, schwelgen in sentimentaler Verkennung, suhlen sich im Mief dummer Heimattümelei. Erst der von Projektionen und Verwertungsabsichten gereinigte Blick würdigt die Natürlichkeit der Natur. Sie erscheint als ästhetisches Phänomen, das menschliches Denken und Wollen als Sinn und Bedeutung spiegelt. Reinheit füllt den leeren Raum unvoreingenommener Anschauung.

3

Noch ist nichts geschehen. Der hohe Ton des klaren Morgens ungebrochen. Der volle Klang des Tages wird in der Dämmerung leise werden, verstummen in der kühlen Nacht. Die Natur spielt nicht falsch. Gewitter krachen ohne falsche Töne. Gewitter sind Generatoren im globalen Haushalt der Luftelektrizität, der rollende Donner eine Druckwelle, vom Blitz erzeugt durch Erhitzung und explosive Ausdehnung der Luft. Lawinen und Bergstürze folgen der Schwerkraft. Und dort, wo sie Häuser und Straßen verschütten, rodeten Menschen Schutzwälder und bauten an gefährdeten Plätzen. Die Natur ist schuldlos. Sie schuf dem Menschen die Möglichkeit, vernünftig zu sein und Sinnesdaten seelisch zu empfinden.

Märzmorgen: Sehen, hören, riechen, auf der Haut die frische Luft. Der Wanderer begeht einen Anfang. Am Ende wird ihn die Kontaminierung kümmern.

Schnee – Mann

1

Tagelang Schneefall. Zeit und Ort entschwinden der Praxis. Ein Hauch von Ewigkeit hüllt alles Leben ein.

Weiß überformt sind die Dinge der Erde: Die Steine und Felsen, die Stöcke, Stümpfe, Sträucher, die Fichten, Tannen, Lärchen ummantelt, spitze Kegel schneeweiß verbunden und zusammengerückt wie Herdentiere bei Gefahr. Die sommerlichen Gräben, Risse und Schrunden des Bodens aufgefüllt, monochrom bedeckt, ins Schwingen gebracht. Runde, weiche Formen, Hauben, Höker verbergen das Spitze, Sperrige, Kantige. Das substantiell Verschiedene erscheint als Ensemble artgleicher Herkunft. Auch die Ränder des Bergbaches, meterhoch überwölbt, berühren sich fast und hoch oben am Grat neigen sich Wächten weit über den Hang. Die Adhäsion spielt der Schwerkraft einen Streich.

2

Der Schnee hat viele Charaktere. Temperatur und Luftbewegung prägen seine Eigenarten. Feuchter Schnee sinkt, bei mäßiger Fallgeschwindigkeit, in großen Flocken, der trockene wirbelt oder bildet harte Körner, Griesel, die der Wind peitscht.

Der Meteorologe unterscheidet verschiedene Kristallformen: Nadeln, Prismen, Sterne, Plättchen und die aus den Grundformen zusammengesetzten, meist sternförmigen Kristalle. Und jeder, der im Winter unterwegs ist, kennt die Konsistenzen Pulver- und Pappschnee, den abgelagerten, oberflächlich angeschmolzenen und wiedergefrorenen Harsch und den sämigen Firn, der schwer und sulzig wird unter der Mittagssonne: riecht süßlich, leicht faulig.

3

Februar. Der Schnee knirscht. Ein Laut wie erpresst durch Sohlendruck und Gewicht. Der Mann tritt eine Spur steil in den nordseitigen Hang. Im Schatten ist Bläue, sehr helles Kobalt, ein Blau, das die Erdenschwere ins Imaginäre verwandelt, in einen Zustand atmosphärischer Entrücktheit.

Der Mann keucht, bleibt stehen, klopft den Schnee von den Sohlen: unbezweifelbare Realität der Trägheit des Körpers, der den Geist entlässt ins traumhafte Blau, atemlos eng und grenzenlos weit: Er, der matte, bleiche Kerl, eine bestimmbare Physis und das unbestimmbare Blau und jenes Blau, das den Raum seiner Imagination füllt.

Der Mann erreicht den Gipfel. Vom Schatten ins Licht. Der Schritt über die Hangkante: ein Ereignis, mit keiner Metapher vergleichbar. Auch ein Abbild würde die lichte Unermesslichkeit des Raums verflachen.

Der Mann steht in der Sonne, heller als hell, diamanten der Schnee, Wärme auf der Haut, die Zukunft scheint ein heiteres Kinderspiel. Berge, weiße, blaue Berge von Ost bis

West, einzeln und aneinandergereiht wie die Glieder einer bizarren Kette, in die Tiefe gestaffelt bis zum fernen Horizont. Gleißende, silberne Spiegel der Hänge und Flanken, dunkel die lichtlosen Nordwände, grauviolette schrundige Mauern, die sich dem Leben sperren, es in die Täler weisen, wo Wälder, Gärten, Äcker sind und Autos fahren. Graugrün, ocker und oliv liegt das flache Land im Norden, die ferne Stadt verborgen unter Dunst, als würde sie in Quarantäne gehalten.

Der Mann bleibt bis zum Abend, bis das Weiß Feuer fängt, Schnee und Himmel rötlich gelb sich färben, fast zinnober, und goldtrunken die Sonne sinkt. Der Mann steigt westwärts ab, die letzten Strahlen im Gesicht, steigt ab in die Dämmerung, in tiefes Ultramarin. Die Luft scheint dichter, näher das Nahe, fremder das Vertraute.

4

Im Tal ist Nacht, am Himmel Sterne, schmaler Mond, am Parkplatz sein Auto. Plötzlich: Das Licht der Scheinwerfer schreckt auf, grell gerichtet auf schmutzigen Schnee, zum Haufen geschaufelt: ein Bild kläglichen Verbrauchtseins.

Morgen, denkt der Mann, morgen wird die Sonne den dreckigen Haufen schmelzen, verdunsten wird er im warmen Wind. Sonne und Erde werden ihn zu sich holen, lautlos, ohne Zäsur. So einfach, denkt der Mann, so schmerzlos, so ohne Widerstand wird es ihm nicht ergehen.

Der Motor faucht in die Stille. Der Mann lenkt den Wagen auf die Straße. Droben auf den Bergen schimmert der

Schnee violett im fahlen Mondlicht und die feuchte, angetaute Oberfläche verkrustet, wird Harsch in der Kälte der Nacht. Der neue Tag wird glänzen als sei die schneebedeckte Erde im Augenblick entstanden.

Der Phänologe

(Einer, der die jahreszeitlich bedingten
Erscheinungsformen bei Tier und
Pflanze erforscht)

1

Das Gras ist kurz in dieser Höhe. Kiefern krümmen sich, die Hütte wie gepresst in die windgeschützte Senke, am Himmel ein Tumult hoher Cumuli, Gewitter drängt über die Gipfel.

Der Mann kam aus der Stadt, stieg auf, bedächtig, beobachtend, Lupe und Fernglas zur Hand. Er kommt zu jeder Jahreszeit, auch im Winter, wenn der Schnee die Alm verschlingt und das Vieh im Stall des Talbauern Heu und Silofutter frisst.

Der Mann notiert, was er sieht, knipst Fotos. Er beobachtet Salamander und Murmeltiere, die Population der Gämsen, Fellfarbe und -dichte, die Laubfärbung der Bäume, dokumentiert Wachstum und Schwund und die Zerstörungen, die Lateralschäden wirtschaftspolitischer Konzepte, sogenannter Erschließungsmaßnahmen.

Der Mann sammelt Daten, rechnet, deutet, vergleicht. Er, der Wissenschaftler, ist einem Objektivitätsideal verpflichtet, einer analytischen Sorgfalt, detailbesessen, ethisch sauber.

2

Seit Zwölf liegt er im Gras, versunken in einem Zustand gedankenloser Unbestimmtheit. Die starren Begriffe des Forschers verloren ihre Konturen, Daten wichen Metaphern, der ganze Leib ein Sinnesorgan, durchlässig, verwoben in ein komplexes Naturgeschehen, ein Ineinander von Selbstgefühl und Lebenswelt.

Der Mann könnte Gras fressen oder die jungen Triebe der Kiefern.

Er, als Forscher analysierend ins Detail vertieft, liegt als Romantiker im Gras: mild eingebettet in eine nicht quantifizierbare Ganzheit, gut aufgehoben im großen Raum einer gestenreichen Natur.

Begegnungen

Er

Er ist dabei. Märkte und Moden sind seine Sache, Warenmärkte und die der Meinungen, der schnellen Information, der kulturellen Spektakel. Ein imperiales Spaßaufkommen fordert Ernst und Umsicht.

Er folgt dem Fortschritt. Lässige Sachbeherrschung ohne Begründung, Hintergründe halten auf und das düster Unterlegene verdirbt den Spaß: Dem Mann ist es ernst. Er kalkuliert seinen Einsatz. Er war nie Anfänger: war von Anfang an Mitläufer.

Sie

Das Tägliche steht ihr bis zum Hals. Beruf, Schulung und das Private, das lustlose Verbrauchen und das Verbrauchtwerden.

Am Bahnhof der Kleinstadt ruft sie ein Taxi und fährt zum Hotel. Sie sitzt, in eine bunte Decke gehüllt, am Rand der Terrasse und sieht aufs Panorama: grüne Hügel über dem See, darüber Berge, dahinter höhere Berge und wieder höhere, bis die Reihe der höchsten eine bizarre Linie in den blanken Himmel zeichnet.

Sie genießt das Schauen.

Sie sagt, dies sei ein merkwürdiges Erlebnis, so ohne Pflicht und Nutzen, nichts Zählbares käme dabei heraus und überhaupt: sie wisse nicht, sie habe keine Ahnung, was dies bedeuten könnte.

Einer, der fremd geht

So wie 1 und 1 sich gleichen oder Dinge aus identischer Produktion, so Gleiches gibt die Natur nicht her. Schritt für Schritt sind Blick und Beine auf Stellungssuche, tasten und betreten Flaches, Steiles, Bewuchs und felsiges Geröll und, mit Hilfe der Hände, eine Wand aus Granit.

Der Mann, berufsbedingt im Labor und am Rechner, geht und steigt, sehend und denkend das Gehen und Steigen. Nur dies, nichts nebenher.

Der Mann sagt, er fühle Freiheit in dieser Beschränkung, im Kargen sei Vielfalt und Reichtum, er nähme Teil an einem Geschehen, das ihm als Sinn erschiene. Der Mann sagt, jetzt versteige er sich ins Unbeweisbare, da müsse er schweigen, er sei schließlich Wissenschaftler, nicht Künstler.

Ein Anderer

Ihm, der sein Ansehen verloren hat, sind seine Ansichten geblieben. So denkt er, als es nichts Verwertbares zu bedenken gibt. Sehen ist gebührenfrei, denkt er, keine Apokalypse könne ihn hindern, das Unglück zu betrachten, wie es am Horizont erscheint, wie es plötzlich hereinbricht, räumlich oder flächendeckend, linear oder als monolithischer Block oder als Struktureigenschaft des Systems, hell oder dunkel, oder nur als Schimmer. Und er könne Welt und Dinge betrachten, als sei dies der Sinn ihrer Existenz.

Der Mann verlor sein Ansehen, als er von Schamlosigkeit, vom finalen Zusammenbruch sprach. Er floh aus Büro und Börse und verschwand.

Einer, der aus Versehen die Bar betrat

Im Tempel gnadenloser Attraktivität, zwischen blendenden Zahnreihen, sieht eine gewisse Zurückhaltung grau aus. Nicht das Grau der aktuelle Mode, die Distanz hält zu billiger Buntheit, die Frisur und Design als harte Währung geltend macht.

Sein Grau ist fahl, eine Schnittmenge aus Resten und dem Nötigsten. Er mochte das Matte, nicht den Glanz. Er wollte nie besonders sein, nie Erster, kein Brüller mit Tränen in den Augen. Er lächelt, als sähe er, verborgen, Schönes.

Er verließ sein Haus in der Dämmerung, ging vorbei an Supermärkten und Seminaren, an den Arenen für Sport und Vergnügen und stieß und wendete die Illusionen mit der Spitze seines Stocks.

Der Mann, der aus Versehen die Bar betrat, ist unsichtbar für die schmucken Gäste.

Frau, am Tresen stehend

Die Frau befiehlt sich ihr Alter. Sie schminkt und tönt und cremt die Jugend auf die Haut. Sie turnt und hüpft und verschränkt die Beine unterm Leib. Sie vollendet täglich ihre ästhetische Geburt.

Innen und außen, das, was ist und das Erwünschte, das Befristete und die Dauer: Die chemische Industrie ist dem alternden Gewebe nicht gewachsen. Die Natur macht den letzten Stich.

Die Frau blickt um sich, dünkelhaft fordernd und, in jähem Wechsel, Hilfe suchend: Blicke, die sich selbst zerstören. Talmi blitzt, als sie beidhändig das Glas umklammert. Ihr Cocktail könnte eine Mixtur aus Tränen sein.

Die Frau greift einen hohen Hocker, schiebt sich auf das Kunststoffpolster, stellt die Tasche auf die Bar, streift die Schuhe von den Füßen. Sie scheint sich einzurichten, wartend, hoffend bis zur Sperrstunde.

Der Dicke

Der Mann ist groß und schwer. Seine Gesten und Bewegungen sind kurz, klein, fast niedlich, als würden sie unvollendet im gewaltigen Volumen seines Phlegmas verdampfen. Der Mann knabbert, beißt und schluckt mit leerem Mund.

Er hört den dunkel surrenden Ton und öffnet die Tür. Eine Frau tritt ein. Sie bleibt zum Tee und als sie Alkoholisches nicht ablehnt, beginnt er zu hoffen.

Er schluckt eine Pille, gießt mächtig nach, steht wankend auf und geht, seine Körperlast schleppend, zum Bett. Auch seine unreifen Gedanken an Bevorstehendes wird er nicht ohne mühevolles Hin und Her verkörpern können.

Das ist zu viel für seine Natur.

Er döst bereits, als die Dame sehr sachkundig von Regression spricht. Er schläft, als die Türe knallt.

Leib

Menschen denken die Welt, beherrschen sie, beherrschen sich, ihr Selbst. Körper werden erzogen. Ästhetische und medizinische Manipulationen, kalkulierte Speisepläne, verhütende Liebesakte verwandeln den natürlichen Leib zum verfügbaren Körper. In der Distanz zur Naturwüchsigkeit formuliert sich ein Selbstbewusstsein, das seine Prägungen und Eigenheiten kennt. Dieses Wissen zeugt ein Selbstverständnis als Person, als Subjekt, als Kulturwesen.

Naturhaftes Leib-Sein – gewissermaßen der Primärzustand menschlicher Existenz – verbirgt sich im kulturell zugerichteten Körper und entledigt sich seiner Überformung durch Regression.

Es ist häufig der heftige, unartikulierte Schmerz, der keinen Ausweg lässt für die Erschütterungen des Leibs. Erst das Bestimmen, Benennen, Lokalisieren objektiviert das Leib-Sein zum Körper, der dem Arzt anvertraut wird: eine Entäußerung.

Selbstvergessenes Tun, zweckfreie körpertotale Bewegung, kindhaftes Austoben sind Weisen des Erlebens naturwüchsiger Leiblichkeit, sind Naturerfahrung an sich.

Die äußere Natur, insbesondere jene ohne sichtbare Zivilisationsspuren, ist mehr als ein korrespondierendes Gegenüber: Natur im Naturzustand ist unhintergehbare Lebenswelt, auch im Todesfall des Begehers.

Alles ist Rohstoff. Der Bergsteiger fühlt seine Substanz beim Klettern in einer Felswand. Er reizt aus, was ihm gegeben ist: sein Bewegungspotential, fugenlose Gestimmtheit auf sein Tun und die Reste instinktiver Naturfühligkeit. Der Kletternde ist mehr Wesen als Person. Leibwesen in einer Welt nackter Wahrheit.

Leib-Sein ist aktualisierte Herkunft, ist gewissermaßen das Gravitationszentrum kultureller Entwicklung, ein Kern Natur, keimfähig, wenn Humus, Dünger, Klima stimmen.

Müde

Das Harte weich, Festes zerrinnt, gekrümmt das Gerade, ausgegrenzt die Flut der Bedeutungen, das Anstößige, die Gedankenlast: müde sein. Das Verschiedene gleichgültig, Formen fransen aus, matt, schwer der Körper, der sich einnistet in sich. Die Müdigkeit trübt Welt und Dinge und drängt sie ins Vergessen.

Müde sein ist grau und ohne Ton.

Keine Spur von Dialektik behindert das Verschwinden. Die Welt versinkt, die Sinne folgen, sanft gerätst du unter deinen Horizont. Knapp am Nichts bist du erlöst.

Die Erde ist des Müden Element.

Wach

Die Töne hell, fast schrill. Kanten und Konturen schärfen die Dinge. Schatten heben sie ans Licht. Augen blicken, Ohren hören, die Haut fühlt Luft.

Gespannt, bereit, auf die Minute genau, präzis der Absprung, der schnelle Griff ins Ziel. Wachsein eilt nach allen Seiten, nichts versperrt, alles offen. Die Fülle der Welt drängt sich auf.

Das Viele ordnen, das Bunte, Strukturen sehen, Symbolisches deuten, Methoden bestimmen, die Sinne bis zum Horizont und im Fokus auch das Kleinste.

Adrenalin im Überfluss, Muskelkraft und reihenweise lichte Momente. Der Raum ist frei, die Zeit ist reif und alles in Bewegung.

Wind ist des Wachseins Quelle.

Schmerzen

Toben, brennen, stechen, ziehen, bohren. Kein Gedanke entkommt in die Freiheit. Schmerzen zermalmen jede Abstraktion.

Schmerzen sind unverständlich. Sie zertrümmern die Einheit des Körpers: Bein abstoßen, Bauch veröden, Kopf verlieren. Geheilter Krüppel sein.

Keine Blüten, keine Früchte in der Schmerzwelt. Wasser nur als Sturmflut, die Liebesglut ein Flächenbrand. Oder der monochrome Schmerz, dickflüssige Schwärze zum Ersticken.

Oder der bildhafte Schmerz, eine Wüste, ein Delirium. Verstörend langsam zerfällt der Körper, Moleküle, die sich auflösen, die vergehen im rhythmisch pochenden Schmerz: ein dumpfer Ton ohne Variation.

Lust

Dehnen, ausschreiten, satt sehen. Am Gaumen das Bittersüße, Zunge mit Zunge verschlungen, am Bein kein Klotz.
Lust weitet.
In die Ferne durch offene Türen. Die Wege blühen. Abgründe spiegeln das Firmament und fliederfarben sind die Nächte.
Von Hand zu Hand Geschenke. Und feuchte Wärme da und dort.
Die Lust ist nicht fürs Kollektiv. Sie ist für einen und für zwei und bildet bei Gelegenheit Gemeinschaft.
Die Lust ist leicht und treibt die Freiheit vor sich her. Ungebunden, lose sitzt sie mit am Tisch. Erst die Gier legt wieder Fesseln an. Die Lust liebkost und nistet in den Sinnen und im Verstand, der als Erkenntnis sich versteht.
Und an guten Tagen holt die Lust das Glück ins Haus.

Durst

Qual (nicht eigentlich Schmerz), drängende, aufsässige Qual, ihr Zentrum die Kehle. Durst. Wie eine fremde Zunge im Mund, ein Industrieprodukt, ein Ding zum Schleifen, Bohren, Fräsen, ohne Papillen fürs Süße, Saure, der ganze Schlund verätzt und halb gelähmt der Körper. Durst.

Im Pentateuch könnte er beschrieben sein – Pein, Marter – unter der sengenden Sonne Jahves. Aber du bist Gegenwart. Der Berg glüht. Im Hitzestau tobt ein Wort in dir: Wasser. Kaltes, klares Wasser durch die Gurgel in den Leib, Schwall um Schwall.

Woge, Wassersäule sein.

Hand

Der ganze Körper schlüpft in die Hand. Sie zeichnet Spuren ins Material, Spuren eines Organismus, der denkt, fühlt und weiß, dass er ist, Spuren asketischer Kargheit und üppiger Genusssucht, Spuren harten Zugriffs und Spuren zärtlicher Berührung. Die Hand, die das Werkzeug führt, verkörpert Geist und Seele, prüft das Gedankliche und begrenzt den Spielraum der Gesten.

Es sind die Spuren der Berührung, die Handarbeit von Technik trennen, von mechanischen und elektronischen Verfahren.

Fuß

Die Füße ertasten die Beschaffenheit des Bodens. Sie melden Signale ins Bewusstsein, erwecken es in schwierigem Gelände zu Vorsicht und Vorausschau und veranlassen – auf hindernislosem Weg – den Blick, sich zu heben, zu schweifen, im Blickfeld zu suchen Begehrtes.

Die Füße des Tänzers, des Artisten auf hohem Seil, des Kletterers im Fels der Wand sehen mit den Sohlen. Sie optimieren das Lebensgefühl durch minimale Berührung der Welt.

Kopf

Im Kopf sind Augen, Nase, Mund und Ohr und das Gehirn, das ohne Öffnung ist nach außen. Die Welt im Kopf ist irre und muss geordnet werden. Das Verstandene spricht, das Unverstandene stammelt und das Nicht-zu-verstehende verteilt sich im ganzen Körper, um sprachlos verstanden zu werden: die Lust, der Schmerz. Sichtbares, Unsichtbares und Sachen zum Anfassen betören die Sinne. Der Kopf verfärbt sich, blüht oder schrumpft, ohne die passenden Wörter zu bilden, die Ordnung schüfen im Durcheinander des gesammelten Reichtums. Immerhin: Der Reichtum ist gewiss und nötigt das Gewissen zum Handeln, etwas zu tun, das den engen Schädel sprengt.

Liebe Frau Doktor

Es kam anders und so wie es kam, verließ das Leben die geschichtsphilosophischen Denkwege und stürzte sich aufs eigene Spiegelbild. Das war das des Körpers und nicht das der Gedanken.

Die Welt wurde nicht eine und nicht eine gleichzeitige.

Die Angst, auf sich zu treffen, macht aus Ihrer Praxis eine Arena für die Tragödien der Seele und für die Auftritte der Redseligen. Dieses schöne therapeutische Netz: wie das der gelben Briefkästen der Post.

Ich habe bereits gelernt: Einer sein. Trotz der Postmoderne, die dem Vielsein schmeichelt, es schwungvoll denkt, die die Zerklüftungen des Bewusstseins färbt und den Anstrich für die Hautfarbe hält.

Es ist ohnehin ein Wunder, leibhaftig nur Einer zu sein.

Das Machbare, die Verwandlungen, der Andere, der ich gedanklich bin, und das Andere, das ich bleiben lasse, weil die Lockvögel nicht in diese Richtung fliegen: an sich ist nie genug getan.

So vergehen die Jahre, werden Not und schläfrige Zufriedenheit aus der Wiege ins Greisenalter geschaukelt. Und nicht jeder Wunsch, der mich durchkreuzt, ist fühlbar.

Mein Körper ist nicht wunschgemäß. Aber er ist mir gewiss. Nur das Denken entgleitet. Es plant die Freiheit.

Liebe Frau Doktor, Sie verschrieben mir »Identität«. Ist sie gut für die Liebe? Und brauchbar als Startplatz, um aus der Haut zu fahren? Ergreift sie das Rettende bei akuter Gefahr?

Ich werde mich auf mich besinnen. Mein Augenlid ist kein Fingernagel. Die Zähne ersetzen keinen Handgriff. Und wenn ich Sie küssen würde, liefe die Therapie auf Grund.

Ich bin bei guter Gesundheit. Ich werde am 1. April um 9.30 Uhr in die Sprechstunde kommen.

Mit freundlichen Grüßen

Ihr ergebener Sigmund

Über die Lippen ...

Über die Lippen bringen: Speichel, Kotze, Wörter.
Das Problem sind die Wörter. Wörter, die nicht über die Lippen kommen, erliegen einer zerebralen Zensur, die sich hinausredet auf Wahrung und Würde des Privaten, auf Tabu und Diplomatie, auf juristische Verbote und ethische Gebote. Oder: Schweigen sei Gold, sagt der Vernünftige, ohne zu fragen, ob seine Vernunft nicht Feigheit sei.
Andere sind maulfaul.
Und die, die verantworten, was sie sagen, halten, was sie versprechen, bringen Manches nicht leicht über die Lippen: die großen Worte, die tiefe Spuren hinterlassen: Wahrheit, Erkenntnis, Liebe.
Und wenn etwas über die Lippen kommt, etwas, das dir den Mund verbrennt: Bravo. Endlich klare Verhältnisse, ungeplant mutig, das Glück nicht mehr fern.
(Anders herum: Einverleiben. Von außen nach innen zum Stoffwechsel, lippenmäßig keine Metapher und die tönenden Wörter sind ohnehin für die Ohren.)

Vernissage

1

Lockvögel fürs Geschäft. Auch Aas und Pleitegeier, fein herausgeputzt, nehmen ein Publikum unter ihre Fittiche, eine effektfrohe Meute mit Sinn für die Farben der Saison. Die blauen Tücher der Schutzmantelmadonnen sind längst verblichen. Die Türsteher tragen schwarz. Die Kuratoren verfüttern Entdeckungen und rhetorische Leckereien an die kunstgestählten Pilger der harten Wege von Event zu Event.

Menschen, polierte, duftende Menschen suchen das Harte, das Raue, die aggressive Geste. Sie halten das private Allerlei sammelsüchtiger Künstler für Ethnologie, das handwerkliche Unvermögen für geistige Souveränität, die ästhetische Dummheit für eine soziale Qualität.

Kahle Köpfe und feine Frisuren recken sich, nicken beifällig und eilen ohne Hast, das Neue zu sehen, bevor es alt aussieht, ausgemustert für das neueste Neue. Auch Scheiße ist gesellschaftsfähig, vergoldet, diamantenbesetzt, ein Objekt zum Verwöhnen.

2

Die Frau im grünen Kleid ist schüchtern. Sie flüstert eine Provokation: Schönheit, Harmonie, Ordnung. Sie sucht das besonders Geformte, ein Ganzes aus widerständigen Teilen, sucht Schönheit als sinnliche Kraft im Kunstwerk, als Metapher wissenschaftlicher Erkenntnis. Für Kepler war Schönheit die Konstellation der Planetenbahnen, für Einstein die Wahrheit einer mathematischen Formel. Auch die Motive des Entsetzens – Kreuzigungen, Kindermorde – gewinnen durch die Schönheit ihrer Darstellung ein Menschenbild dialektischer Vollständigkeit: Gut und Böse, Lust und Schmerz, physischer Tod und geistiges Überleben.

Die Frau verdächtigt die Schönheit nicht der Schwärmerei, nicht der unzeitgemäßen Illusion. Sie sagt, Schönheit sei ein metaphysischer Wert geformter Stofflichkeit, sei Opposition zum Elend sozialer, politischer, kultureller Wirklichkeiten. Und auch die Mängel, das Scheitern seien Zeichen der unklaren Grenzen der Freiheit innerer und äußerer Weltbeziehung. Und sie sagt, dass sich die Mängel der Schönheit dem Mangel an Schönheit widersetzen, dass das Unerreichte ein Bild zeichnen würde einer möglichen Evolution lebensweltlicher Daseinserfüllung.

Ein Idiot, der darauf verzichtet.

Gier der Bescheidenheit

Gier der Bescheidenheit. Das meint ein Sehen, das seinen Gegenstand schont, ihn sein lässt, was/wie er ist, ihn nicht aus ehrgeiziger Raffsucht ins Datendepot zerrt: ein Sehen, das Projektionen meidet, Vorgefasstes zurückhält, das der Form folgt, die von sich aus ins Innere weist. Der Gegenstand der Betrachtung öffnet seine Oberfläche. Im tastenden Blick ordnet sich das Sehen. Die Dinge optimieren ihre Erscheinung, überformen Funktion und Bedeutung. Das Sehen erreicht seinen Ursprung.

Das Schöne

Das Schöne setzt sich ab. Es ist das Andere, entrückt seiner Umgebung, umgeben von einem unbestimmten Fluidum.

Das Schöne ist, auf eine gewisse unschuldige Art, gleichgültig: gleichgültig gegen das Drama des Menschlichen, gegen die Anstrengungen und Versäumnisse individuellen und kollektiven Lebens. Das Drama, als Ikonographie des Schönen, verliert seine Dramatik an die Paradoxie transzendierender Sinnlichkeit. Die Bedeutung unterliegt der Form.

Schönheit verdirbt nicht in der Geiselhaft politischer, wirtschaftlicher Macht. Physisch vernichtet, überdauert sie als Idee. Die Stofflichkeit des Schönen ist bestimmbar, das Eigentliche unbestimmt. Blick, Hand und der biologische Luxus – gewissermaßen Überschuss – neuronaler Schaltungen bewirken Dinge, die Scheitelpunkt sind einer ästhetischen Kultur. Der Blick, der das Sehen nicht verlernt hat, erkennt Strukturen, bildhafte, nutzlose Ordnungen. Sie ordnen das eigene anarchistische Potential in Strukturen, die sich zum Schönen schlagen, gleichgültig wo, gleichgültig wann. Schönheit: eine Eigenschaft des Blicks entzündet sich am schönen Objekt.

Gedichte

Mut
zum Sein
Kern
Ei
Keim
wächst Natur
frei im Gehege
begrenzter Kultur

Die Erde
bewohnbar und voller Früchte
Die Sonne
verbrennt ihren blähenden Leib
greift sich die Erde die
im Tumult der Fusionen
gewesen sein wird

Protuberanzen
Eiseskälte
Gammastrahlen
Kanzlerschelte
der aufrechte Gang
bald
unter der Erde

Farbenlicht
Gedankenflug
unendliches Strömen
kein Körper zerschellt

Tun Telos
endliches Sein
Menschen sind Körper
stoßen sich tot

Auf allen Vieren
Blick zur Erde
aufgerichtet
Horizont

Hominiden Menschenkinder
Raum und Zeit
Begriffe greifen
Zukunft und Vergangenheit

Erinnerung
an ferne Zeiten
Bewusstseinsströme gleiten
binden Wissen kollektiv
ins Erbe

Sprache
AnsichtsWörterSache
spricht was war
und was sein könnte
Menschen planen Glücksmomente

Alles eins
innen gleich
außen bunt
Welt und Kosmos

(zum Hausgebrauch
ungeeignet)

Logos Seele Nus
dachten Griechen
sprach der Boss
Frauen
seien seelenlos

(schwer gestört
die Alleinheit)

Der aus Holland
sprach von Modi
ewiger Substanz
Mensch Natur
im Totentanz
mit kosmischer Kontur

Sonne
Wärme helle Tage
reizen Blätter Proteine
Blumen
schlagen Augen auf
blühen
wie befohlen

Bäume
wachsen in den Himmel
Wolken
stürzen in die Täler
Bauern
legen Fallen
in staatsgeschützte Wälder
Hühner
plündern Weizenfelder
Anwaltfrauen
sprechen Recht
Nonnen
singen Kurzprogramme
Kettensägen kreischen
Männer fluchen brüllen pfeifen
greifen Flaschen saufen
zählen Jahresringe raufen
sich um karge Beute
Buchen Kiefern Tannen Fichten
Bäume
die den lichten
Himmel tranken

Sternenlicht
bricht ins Blei
der schweren Nächte
Das Pensum träger Tage
verschlossen
in rostigen Tonnen
entsorgt

Gott Seele Sein
namentlich aufgerufen
verweigern den Handschlag
Aber:
Körper schlagen Schneisen
heizen ein
den Begriffen

Schnelle Forellen
lichtklare Gumpen
das Ufer hängt über
im Schatten
ruhen die Fische

Frisch
aus schmalem Felsmaul sprudelt
sprüht Lichtkristalle
schürft den Hang
und treibt im Grünen
Blüten
Mit hohler Hand
schöpft ein Kind
Zukunft
aus der Quelle

Schwarze Löcher
krummer Raum
terrestrisch
am Rocksaum
klammert
das Kind

Vögel singen
Hirsche röhren
Rehe äsen
Füchse schnüren
Menschen
fahren Auto

Kerne
kosmischer Raum
Sterne
stiller Menschheitstraum
Wärme
wird die Länder fluten

Methoden
stehen im Weg
über schalldichte Gräber
begehbare Spur
Versuch der Versöhnung
kranke Natur

Vom Ganzen, teilweise

Eine Sammlung

Vom Ganzen, teilweise
Eine Sammlung

1

Nicht verstummen aus Mangel an Beweisen
solange Wörter erweisen
sprachlos das Ganze
verborgen im Irrtum
das Wahre vielleicht
verschlossen in Dir.
Das große Ganze, alles
was der Fall
Welt und All
das Biophysische bis ins Kleinste und
unvorstellbar die Galaxien
über uns
und:
in uns die metaphysische Idee.

2

Die metaphysische Idee ist eine zwielichtige Ahnung,
sagt er, den das weiche Licht der sinkenden Sonne bescheint,
Ahnung oder ein Gefühl von

Universalität, die dich und alles andere enthält
in allseitigem Bezug.
Du besetzt deinen Platz und fügst dich in eine Ordnung, die dir ein Stück Weg abnimmt, sagt er, der sich ins Ziel brachte ohne Kommentar:
gleichgültig aufgehoben im Glück und im Unglück.
Im Tal dämmert es grau.
Die schroffen Gipfel der Berge leuchten gelb und helles Zinnober,
Feuer, das die Nacht löschen wird.
Schläfrig dehnt der Mann die Wörter:
Das Ganze führt nirgendwo hin.

3

Hat es Sinn, so zu sprechen? Eine Eigenheit öffnen zum verständnislosen Diskurs? Ein Inneres zu behaupten, ohne sichtbare Referenzen im praktischen Lebensvollzug? Eine Anmaßung? Eine Verstiegenheit?

Wie soll er es sagen, der Mann, hier, in nachtkühler Dunkelheit, auf sumpfiger Wiese zwischen mächtigen Bergen? Wie soll er ein empirisches Wissen begründen, eines, das als Hirngespinst erscheint, als Mystifikation eines lallenden Schwärmers?

Der Mann sagt, er fühle eine Entgrenzung ins Geschehen der Natur, eine Selbst- und Weltgewissheit trotz seines Mangels an Bildung. Er sagt, er sei keiner, der das Gras wachsen höre.

4

Monumental und ungenau
das All, das Ganze, das Wissen
verwirrt
haltlos und ohne Anschauung
ausgeliefert
der Bildlosigkeit unendlicher
Systeme, Welten, Daten, die
Kolonnen neuer Daten zeugen, die
ungefähr das All,
das Ganze sind.
Und du,
du bleibst zurück
die Treppe endet
die Leiter labil
ein Sturz gefährdet
den Kuss
den Kuss auf die blaue Wange
des Firmaments.

5

Natur- und Menschenbetreuer treten vor ein Publikum, das prompt und preiswert ein unklares Sehnen sättigen will, das Harmonie begehrt als schmuckes, persönliches Geschenk.
  Die Strategie: Ganzheitlichkeit.

Das Wort wird zum Blühen gebracht als Postulat im Handel um Weisheit und Wohlstand für Körper, Seele, Geist. Das Wort, der Begriff wurde entkernt. Die Schale schmückt Wellness-Programme und die Pflegestätten süßlicher Humanität.

Trainer und Betreuer haben leichtes Spiel: eingebettet in eine Aura sanfter Vernunft, wächst ihr Marktanteil in den Glaubensgemeinschaften, die Erlösung suchen in diffuser, schmeichelnder Ganzheitlichkeit.

Zur Waffe wird das allmächtige Wort, Waffe zum Schnellschuss auf Spezialisten, die man für kalte Verkörperungen des Bösen hält. Aber gutes Leben gäbe es nicht ohne die Erkenntnisse durch Reduktion, durch Spaltung komplexer Sachverhalte ins Minimale.

Das kann engstirnig sein. Die Halbherzigen werden es dabei belassen. Die ganzen Kerle – und die Frauen sowieso – werden auf Zusammenhänge achten, auf Nebenwirkungen und Nachhaltigkeit und werden im Auge behalten: das Ganze.

6

Antipasti
Il Primo
Il Secondo
Dolci
Grappa
Espresso

    Rauchverbot!
    Du bist nur ein halber Mensch.

7

Das Ganze ist eine Idee metaphysischer Philosophie. Philosophie ist in den Wörtern. Das Leben zeichnet seine Gewissheiten in den Körper. Sie sättigen dich in Zeiten einsamer Zeitlosigkeit: kein Mangel, kein Überfluss. Du bist maßgerecht zu Hause.
Du schweigst.
Weil: Die Erfahrung des Ganzen hat weder Struktur noch Logik. Sie ist formlos und ohne Methode.
Dein Zustand ist unvermittelt. Er zeigt sich nicht an der Oberfläche: Inwendig verborgen, uneinsehbar von außen, hermetisch erste Person Singular, ohne Repräsentation.
Kein Laut, der ein Wort bilden könnte.
Wie: gedankenloses Denken. Tun denkt. Gedankenloses Denken ist das des Körpers, der sein Leben weiß. Es kann deine Rettung sein.
Denken ist das falsche Wort.

8

Der Kerl hat sich ihr voll und ganz verschrieben. Er gab sein Bestes. Für sie war es nur eine halbe Sache.
Asymmetrie ist kein Ebenmaß. Die ungleichen Teile fügen sich nicht zum harmonischen Wohlklang. Asymmetrie ist keine Sache von Ausgewogenheit, Eintracht, Spiegelung. Asymmetrie besorgt Spannung, stiftet Unruhe und treibt den Kerl an, sich zu bewegen.
Und dann: im dynamischen Zusammenprall verschmelzen ungleiche Teile: auf Biegen und Brechen oder schlüpfrig wie

der Korken im Flaschenhals oder das Gegensätzliche ergänzt sich in weiser Ordnung: Tag und Nacht, Himmel und Hölle, Mann und Frau (selten).

9

Gonzaga.
Hoch oben, knapp unter
der gläsernen Decke des Saals die Bilder.
Einst der Student
sah Schlachten, wilde Getümmel, Täter und Opfer und Sieger
sah Taten der Helden Gonzaga
sah sich um im Saal
(ohne zu wissen warum)
nach besseren Bildern.
Heute: auf Augenhöhe hängen
die Bilder des Zyklus Gonzaga
die Schlachten, Getümmel, die Täter und Opfer und Sieger
und
sichtbar dem Blick aus naher Distanz
das Stückwerk verschiedener Hände und fremder Talente,
die Pinsel führten zum Setzen der Farben, die
Formen fügen ins zerrissene Stückwerk
des Ganzen.

Verborgen unter der Oberfläche: Tintoretto.

Röntgenstrahlen durchdrangen die Farbhaut der Bilder
Röntgenbilder eins zu eins im Saal

Jacopo Tintoretto höchstpersönlich, der Schock:
die Malerei unter der Malerei
Tumult und große Ordnung ineinander
Einheit hell und dunkel
rhythmische Struktur, Formen-Wucht,
aus einem Guss das Ganze, ohne Nebensache:
Finale schon am Anfang.
Und dann die
vielen Köche, jeder für sich das Handwerk brav beherrschend,
verdarben das Ganze, das
ein Atem war, ein Seufzer
Gelächter vielleicht oder Schrei
der Wurf eines Mannes, einzig des Mannes Malkunst:
Jacopo Robusti Tintoretto.

10

Drei Zitate:
»Das Ganze ist das Unwahre.« Adorno
»Das Wahre ist das Ganze.« Hegel
»Jede Begierde nach dem Ganzen ist Eros.« Platon

11

Die romantische Idee eines Ganzen, die Idee der Aufklärung im Sinne eines geschichtlichen Ziels, die psychologische Idee einer Selbstfindung des Einzelnen und die politische einer Sozietät, die Idee der Identität: Jede Idee vom Leben ist etwas anderes als das Leben selbst. Ideen lösen einander ab oder entkräften sich oder werden widerlegt oder altern im Austrag neuer Wirklichkeiten.

Erlebtes ist unwiderlegbar. Es ist dir eingeschrieben; auch das Vergessene, das Unauffällige zwischen den deftigen Schlägen ins Genick und dem Taumel im Augenblick des Glücks.

Zweifelhaft ist das Zugeschriebene: Die Wörter deiner Biografie, die Ereignisse sind für andere, notdürftig oder üppig ausgeschmückt. Sie errichten dein Abbild, ähnlich oder täuschend ähnlich oder glatt gelogen. Fragwürdige Wörter sind es, die dich einfügen in die Gesellschaft. Sie vermessen deinen sozialen und politischen Ort, bemessen Gestalt und Gesundheit, die Verfassung von Seele und Geist. Aber du wirst sie benützen, um das Geld zu verdienen, das du zum Leben brauchst, wenn du dich nicht umdenken willst zum Dieb.

12

Ganze Sätze
zum Verstummen, Pisten
für den Lauf der Schnecken
Burgen für Nomaden
Muskelmänner bohren Bretter
graben Gräber
Augen auf!
Tränen perlen über Wangen
flügge Seelen halten Kurs

kryptisch lallen Engelszungen
Hölle sei
das Ganze

13

Sie sagt, in der befruchteten Eizelle seiner Mutter sei er als genetisches Programm gewesen. Als Mensch sei er erst im Augenblick seiner Geburt erschienen. Und ein ganzer Kerl sei er bis heute nicht geworden.

Ein Kerl schon, sagt sie, einer, der immer nur das Eine wolle und das Ganze meide. Das Ganze sagt sie, das Ganze sei ein Universum der Liebe, eine unteilbare Totalität, eine Verschmelzung. Sie sagt es, ohne zu erröten.

Verschmelzung, sagt er, Schmalz und Totalität, eine Liebe, die blind mache. Sie, die Blinde, sagt er, sie erkenne ihn nicht, sie liebe ein Phantom, eine Projektionsfläche.

Sie sei reines Empfinden, sagt sie, gefühlte Verbundenheit mit Mensch, Tier, Welt. Er, sagt sie, er beobachte, untersuche, distanziert von außen, schlimmer noch: darüberstehend.

Modelle zum Abschminken.

14

Ganzheit: der universelle Zusammenhang aller Dinge und Erscheinungen in Natur und Gesellschaft. Das gibt zu denken. Keiner, der denkt, ist ausgeschlossen.

Aber empfinden? Universalen Zusammenhang empfinden? Komplexe Daseinserfahrung, dieser Zustand unteilbaren Erfasstseins ist keine Sache exakter Sprachbestellung. Empfindungen gehören den Metaphern der Poesie. Sie setzen eine gewisse geistige Konditionierung voraus und die Bereitschaft zu kontemplativer Weltbetrachtung, selbstvergessen, unbeweisbar, untauglich zum rationalen Diskurs.

Aber: das Unfassbare als Verfassung künftiger Friedfertigkeit? Schöne Utopie.

15

Die Sonne ist weg.

Totale Sonnenfinsternis. Der Mond schiebt sich zwischen Erde und Sonne. Sein Schatten fällt auf die Erde. Im Kernschatten ist die Sonnenfinsternis total, im Halbschatten partiell. Eine ringförmige Sonnenfinsternis entsteht, wenn die Spitze des Kernschattens des Mondes die Erdoberfläche nicht ganz erreicht.

Ich roch nach Schweiß, das Seil nach Hanf. Ich schob es als Polster unter den Kopf und schlief sofort ein.

Aufgewacht, war die Welt fremd. Es waren nicht die Farben der Dämmerung, nicht die einer mondhellen Nacht. Das Blau, das Violett der Felswände, der Luft, des Himmels wie eine fremde Substanz, ein Medium aus unbekanntem kosmischem Labor. Es war früher Nachmittag, keine Tageszeit für dieses Dunkle, für diese Verwandlung der sichtbaren Welt. Wie Wasser, dachte ich, Meeresgrund; aber ich war in den Tiroler Bergen, vertraut mit den Felswänden ringsum, heller, grauer, gelblicher Fels, düstergrau bei Regen.

Und jetzt dies: dieser unheimliche Zauber, der mich entführt – am frühen Nachmittag, bei wolkenlosem Himmel – mich einhüllt in eine rätselhafte, blauviolette, haltlose Atmosphäre. Irresein, dachte ich, und griff mir an die Nase.

Es wurde hell. Ich begriff, dass es eine Sonnenfinsternis war. Ich war 15, damals, sehr unerfahren in solchen Dingen.

Der Mond ist weg.

Totale Mondfinsternis. Der Mond im Kernschatten der Erde bleibt schwach sichtbar. Ein Teil des langwelligen Lichts der Sonnenstrahlung – in der Erdatmosphäre gebeugt und gestreut – fällt in den Bereich des Kernschattens und färbt den Mond kupferrot. Dauer: etwa eineinhalb Stunden.

Es ist die Kugelgestalt, die Körperlichkeit, die zum Anfassen lockt, in die Hand zu nehmen den Ball.

(Hände, die um Rundes greifen, schmiegen sich in eine Vertrautheit: Schutz oder Besitz oder Schale, die den Kern liebkost. Die Handhöhle, die Fingerfassung ist ein Ort der Intimität, nahe am Puls, wärmend, beschützend, gewissermaßen ins Haus holend das Fremde.)

Der Mond ist im Mittel 384403 km entfernt, nicht als Scheibe zu berühren, nicht zu fassen mit der hohlen Hand. Aber er zeigt uns seine nackte Gestalt, eine Kugel, zeigt sie in erhabener Räumlichkeit im Erdschatten der totalen Mondfinsternis.

16

Das Stück beginnt um acht. Es endet um halb zehn. Nacheinander die Akkorde, die ein Ganzes bilden, gegenwärtig.

Die Zeit vergeht, die Zeit der Töne bis zum letzten Takt und irgendwie als Bild das Ganze, wie die Malerei das macht: gleichzeitig die Zeiten darzubieten, das Vorher, Nachher, einst und jetzt und künftig, dann in einem Stück die Klänge auszubreiten, um sie in einem Augenblick als Ganzes hörend zu erfassen.

Vielleicht hat er dies gemeint, als er sagte: das ganze Stück auf einmal zu übersehen, vor sich zu haben. Er sprach von Schubert: Alfred Brendel.

17

Er habe sein ganzes Leben der Bergrettung gewidmet, Verletzte und Tote geborgen und nun sei er selbst das Opfer, spricht der Obmann und legt ein zum Kranz geflochtenes Bergseil auf den Sarg. Sein ganzes Leben. Der Mann war 30, als er in die Tiefe stürzte.

Sein ganzes Leben war kaum ein halbes.

Sein halbes Leben habe er im Knast gesessen, nun habe er das Ganze hinter sich, stöhnt der alte Mann, der sterbend liegt. Der Pastor spricht von der Allmacht Gottes, von Liebe und Vergebung. Der alte Mann deutet mit schlaffer Hand auf seine Brust. Das Tattoo zeigt eine Fratze mit bleckender Zunge und Hörnern an den Schläfen. Ganz der liebe Gott, sagt der alte Mann, und stirbt.

Das Ganze nochmal, sagt der Chorleiter, hebt den Taktarm, schlägt den Einsatz fürs Initium, die Tuba folgt, das Alleluja tönt, die Jubili dazwischen und aus vollen Hälsen wiederholt das Alleluja, gewaltig in den Kirchenraum geschmettert, als würden Tretminen explodieren.

Raum, Klang, berstende Körperlichkeit und Spiritualität: ein Ganzes.

———

Ganz der Vater, sagt die Mutter, die mit Sohn und Säugling beim Therapeuten sitzt. Der Sohn sei schwierig, sagt sie, zurückgeblieben für sein Alter, aber fressen, saufen wie der Vater und prügeln was das Zeug hält.

Er therapiere ganzheitlich, sagt der Therapeut. Am besten die ganze Familie einschließlich Vater. Das sei nicht möglich, sagt die Frau, der Vater sei kürzlich abgehauen und sie wissen nicht, wo er zu finden sei.

Er sei heute ganz besonders gut drauf, sagt der Sohn, verwüstet die Spielzeugecke des Therapiezimmers, pisst in die Ritterburg, köpft Tiere und Puppen und alles, was Kopf hat.

———

… und morgen die ganze Welt.
Es war kein Gesang. Es war Gebrüll. Gebrüll aus einem Gerät, das Volksempfänger hieß. Gebrüll, als würde das Radio in Stücke gerissen.

… und morgen die ganze Welt.
Das Kind, ein Bub, hörte, wollte hören, was das hieß, aber: wollte nicht hören, nicht fühlen diese Hiebe des Gebrülls, nicht diese Schärfe, nicht getreten werden mitten ins Gesicht.

… und morgen die ganze Welt.
Auch die Indianer, dachte das Kind, Pferde und Federschmuck für seinen Vater, der in der Welt war, im Krieg. Da

wäre er gerne dabei, der Bub, am Lagerfeuer mit Büffelfleisch und Friedenspfeife.

Aber das Gebrüll. Das sind nicht die hellen Schlachtrufe der Indianer, die wie Bälle in den Himmel fliegen. Es ist dumpfes Getrampel, das alle Freiheit in die Erde tritt, in die Finsternis.

Der Bub fürchtet sich. Jahre später sucht er in langen Listen den Namen seines Vaters.

18

Einzig
des Menschen
knappe Freiheit
trübe Sicht
aufs Ganze
steht selbstvergessen
der Grenzgänger
mit einem (halben) Bein
im universalen Sein.
Oder:
Das ganze Gebiet vermint
Auf hohen Stelzen
halb im Himmel.

19

Der Pathologe narkotisiert den Leichnam, um bei der Organentnahme nicht durch Muskelzuckungen gestört zu werden.

Der Bauer schlachtet ein Huhn. Er hält das Tier an den Beinen und köpft es mit dem Beil. Das kopflose Huhn flattert, fliegt, bleibt hängen zwischen den Sprossen der Balkonbrüstung.

Die staatliche Deutsche Stiftung Organtransplantation schreibt: »Das Gehirn ist übergeordnetes Steuerorgan aller elementaren Lebensvorgänge. Mit seinem Tod ist auch der Mensch in seiner Ganzheit gestorben.«

Großhirn, Kleinhirn, Hirnstamm. Ich werde keine Ruhe geben nach meinem Hirntod. Ein gutes Viertelstündchen werde ich mir noch Zeit nehmen zum Zucken.

20

Kaum zu glauben: Alles eins. Alles Partikulare ein Ganzes: Das Physikalische, das Biologische, auch das Psychologische und Ethische. Trotz grundsätzlicher Verschiedenheit stufenweise ein Ganzes, ein ganzheitliches Prinzip für alle Erscheinungen des Lebens. Die Wirklichkeiten der Welt, die Philosophien, die wissenschaftlichen Theorien, alles ein Ganzes, organisch aufgebaut.

Kluge Menschen haben so gedacht. Seit fast 2500 Jahren folgen sie der Denkrichtung des Holismus als philosophisches Wesen der Evolution.

Die holistische Idee ist schön. Wir sollten sie ihrer Schönheit wegen in unseren Köpfen pflegen.

Bisher erschienen:

F. G. Scheuer: Zeichnungen
Zeichnungen und Mischtechniken 1975 – 1985
84 Seiten, 8 farbige und 138 schwarz-weiße Abbildungen,
Format 21 x 23 cm, 1985
Verlag Fred Jahn, München

F. G. Scheuer: Bilder 1980 – 1990
130 Seiten, 60 farbige Abbildungen,
Format 26 x 24,5 cm, 1991
Verlag Fred Jahn, München

F. G. Scheuer:
Das Geschriebene. Das Gezeichnete.
112 Seiten, 54 Abbildungen in Originalgröße
27 x 21 cm, 1996
Verlag Fred Jahn, München

F. G. Scheuer: Bilder. Texte. 1990 – 2000
164 Seiten, 80 farbige Abbildungen
Format 26 x 24,5 cm, 2001
Verlag Fred Jahn, München

F. G. Scheuer: Sehen lesen (unmöglich)
145 Seiten
Format 18,5 x 12 cm, 2006
D.P. Druck- und Publikations-GmbH
ISBN 3-88779-015-4